和你一样 我的哀伤

第37届青春诗会诗丛

社编

张 随

著

U0723139

长江出版传媒

长江文艺出版社

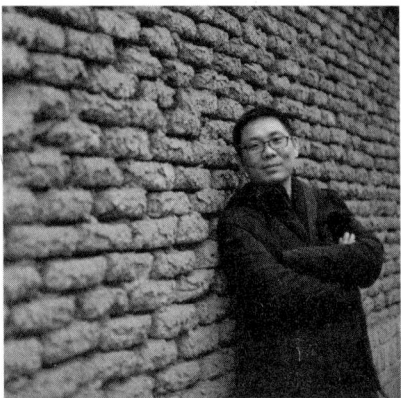

张 随

本名张伟，山西长治人，1981年生。作品散见于《诗收获》《诗选刊》《深圳文学》《延河》《超超主义诗选》等书刊，入选《中国诗歌排行榜》等年度选本。获上海作协第七届"禾泽都林杯"诗歌奖。

目　录

辑三　如果不是那只鸟

辑 一

被孤立的黑暗

暮色四合

当我在一首诗中写下，"暮色四合……"
就从暮色中怎样也走不出了；
仿佛写下的是一座没有出口的迷宫。

接连数天，我的日子没有晨曦
没有热烈的正午和允许暂时死去的夜晚。
我想一定有什么事情不对。二十四小时的暮色
接着下一个二十四小时，
日子是一具尸体，时间的刻度渐渐被粗砾磨去。

一定有什么事情不对。一旦想到你
暮色就又深了一层，
仿佛在某个地方，又一扇门关闭……

2021-04-09

清　明

我的孩子在乡野的山岭间撒欢
他的脚步在亲人们膝间画一幅迷宫

这么多亲人已经死去，膝与膝之间这么拥挤
我的孩子的脚步，却并不逼仄，而是轻松自如
像新芽在老树上生发一样自如啊——

死去的亲人们在这山乡野岭将永远相聚
活着的亲人们在此一年相聚一次
过一会儿就要滚落在外，遍地都是

2021-04-04

春天的平视

目光穿过橱窗
落在马路对面
一对年轻人身上
他们是恋人
他们的笑容是恋人的
他们的动作也是
男孩穿牛仔衣
女孩穿明黄色卫衣
站在那里，他们像这个春天的
一株灌木的两个部分
男孩的树干，灰色泛出光
女孩的花色已不容置疑
但这都不是让我
饶有兴趣的原因
引我注意的是他们的目光
在我注视的几分钟内
始终保持平视，平视着对方
直到我发现女孩是
站在马路边的台阶上的
现在，他们已经走了
十公分的水泥台阶

恍惚停止了生长

2021-03-29

墙

当你们在讨论墙缝挤出的杂草
我在看自己的影子，它也在墙上生长
我动一下，影子动一下
我动一下，影子动一下

对于同样生长于墙的杂草
它们看到的也许是
影子动一下，人动一下
影子动一下，人动一下

2021-03-14

窗

唯有哀伤的人
才配坐在窗边

唉唉——哀伤不成样子
暮色加速衰老，人在问经

2021-02-28

石 子

一粒小石子，被人无意间踢到了路边
又被人无意间踢进了草丛
草木有干枯又被人踩倒的杂乱
小石子不知所踪

唉唉……我为石子生什么不平气呢？
我有它的冥顽，有它的平凡，
却没有和它一起，在人世上不知所踪。

2021-03-16

冥王颂歌

四合的暮色加深了
对于未知的恐惧，像一场蒙蒙雨
落在一百平方米
装下的过去、现在和未来
浸透着我的每一个毛孔

却并不寒冷。还有什么
比死亡更接近零
比冥府更加虚无
哈迪斯，死亡和冥府之主
还有谁比你更有资格
接受人类的无知？

你是生命的硬币的另一面
是宙斯须臾不离的影子
你是冥河中游动的黑鱼
是太极圆形赖以存在的根基
你是无限的宁静，是永不枯竭的活水
熄灭试图从人间越界的喧嚣的火焰
你是一只碗所能盛下的空

站在窗前，并非无来由想起你，哈迪斯
没有人比你更理解这首诗，三十九岁
生日写下的死亡颂歌
没有人比你更理解，倏忽与倏忽之间
存在着无限的辽阔

就像这一茎白发与上一茎白发之间
无限的满足与同情已落满镜中。

2021-03-21

我们都是被大地牢牢抓着的孩子

——致 ZW

十几年没见？记不清楚了
我们忘记了时间，却没有
忘记彼此熟识的少年的你
就好像彼此欢喜的，真的
是你我，而不是少年本身
交谈过程当中，不可避免
我们都回到了久违的天空
回到风筝远离大地的一端
不同之处在于，此刻
托起我们的是怀恋的清风
而那时，扶着我们飞行的
是美好本身。事实上，飞行
我们从未忘记，所以现在
我们还在努力奔跑，撑开双臂
用远隔数百里的文字，奔跑出
两只真正的鸢翔于天的形态。
你和我，都知道，线的另一端
始终根植于大地，像扎进肉里
一根永远也拔不出来的刺。是啊
我们都是被大地牢牢抓着的孩子，

我们奔跑，努力接近彼此，或者
不如说努力接近少年的自己；
当我们奔跑得终于掉下了悬崖
大地也从未放松过对我们的掌控。

2019-12-30

屋檐下的纸飞机

青瓦停下边界的地方
屋檐持续延伸
在这里，你学习投机
投出一架纸飞机

露珠站上松塔的顶端
极目眺望前路的荒凉
你试图忍住哭泣
坐在飞行的轻巧弧线上

藤椅轻摇着慢性毒药
睡梦中人浑不知时间的药效
你只能挥手，却不能回头
濒死的人是你在高空投下的倒影

阶沿石上的坑洼满了
阶沿石上的坑洼空了
檐滴一声声敲响虚空
纸飞机飞得又慢又长

2021-02-03

大　雪

大雪试图将人世的蜃楼呈现时
就作为黄沙蜂拥而至，仿佛将一扇门推开大敞
它们裹挟着门后可能有的一种意识
它们劈头盖面，像一个顽童百无聊赖
把人世的真相
建筑在不断坍塌的沙堆上

当我试图用观念、用众人熟知的"天下一白"
为人世提供根基一样的确定性
却一脚踩上了一种叫流逝的东西，
我不得不觉察，此刻，我站在水面
我所信赖的坚实、安全，仅仅建立在
一种过于简单的物理变化之上

思想吧，用思想
把一场大雪拆分成一片一片
悲观主义的雪花
这样悲观也能在落上皮肤时，转瞬即化
即便人世在这时打一个哆嗦
我相信，你伸出去的手，又接住了一片

接下来就是耐心，慢慢习惯不安……

2020-12-01

飘飘何所似

爱（你知道它为什么成为开端）；

梦；诗；善良和流动的水；

斑斓的庄子和沉默的蝴蝶；

纯粹的黑夜和跳动着在明灭之间

模棱两可的火焰；

在某个从未到过的街角

一起消失的唯一的背影和青春，

以及送行的目光、不自觉的喃喃低语；

无数个在典籍里的片面的人，

无数个看似孤立，却绵延不绝的故事……

还有许多你来不及清点的事物，

构成了大团大团翻滚的白云。

它们漂浮、聚散，不断飞行

却从不肯将你放下，不肯让你

在尘世里脚踏实地。

唉——天空的澄明似乎触手可及，

你因轻浮而带来的抖动，用什么才能平息？

轻浮啊，轻浮得已找不到恰当的比喻……

2020-11-11

生日献诗

——给我的爱人

我知道，时间是一条直线
我们的生命是截取在时间上
短短的线段
我知道今天的我们
再也不会和昨天的我们相遇
我们和石头一起衰老
一起裂纹，并最终
一起成为尘土

但我仍旧郑重于
你的生日，因为
我仍旧怀揣着善良、美好的愿望
我希望这愿望足够尖锐、结实
我希望它是钉在时间线上
一根倔强的橛子
它牢牢使劲，把时间拽住
让时间绕着它转圈
这样，在时间的圆上
我们无论共同进退
还是背道而驰

总会在这个点相遇，

（即便衰老攀爬过所有石头

即便宇宙间只剩尘土漂浮）

我们永远有机会，告诉彼此

我们仍旧爱着

2020-10-28

重　阳

极，再往前一步，就是危险；
悬崖凭风，你叹息自己
并非御风而游的列子。
其实，一地鸡毛的生活
本身就是下坠；下坠起点和终点之间
你是直线上的落体，但并不自由。

早晨的闹钟在太阳穴里敲响，
柴米油盐的算计，不啻宫廷布置的复杂——
世上的迷宫本质都是相同的，
它为孑然一身而在，绝无凭吊的可能。
但无论如何，一切所遇
都有它们应有的重量。比如
地板上灰尘，灰尘上的脚印，脚印等待许久
在卫生间干涸已久的拖把。
比如步步紧逼的信用卡透支数额，数额指示
你所必须要完成的工作和工作所要遵守的十二个小时。
比如想象中的茱萸、黄酒、衰老和遭遇在药店里
一位售货员铅拓的脸……

这拖拽着你下坠的重量

像是压着铁锚，深深地划过海底；
这对节日的命名，你更愿意直抵它
数字的本质，在泛起的沉渣中喊出，九，九……
像是呼救，又像是事不关己

2020-10-25

观沧海

——致曹操

"东临碣石"，一路走来
你把自己走成了沧海。
日月之行和星汉灿烂
攀爬着你的千里之志
升上历史深邃的天空。

出发的时候，你就知道
竦峙的人心比山岛更加危险
但也更加迷人。你宁愿
在危险中失足，也胜过
在细水长流的日子里失意。

催促的战鼓一声紧似一声
流水上的营盘，一座靠着一座；
在刀丛里写诗，你写下的
都是寂寞。是你离群出走的
呦呦鹿鸣。

当你最终抵达，人们
失色于惊涛拍岸的巨响，

而沧海与沧海的对话，大音希声。
至于他们为你装扮的白脸
用你的名字就可以回答。

2020-10-20

群 鸟

——一部希区柯克的电影

爱情，哦，应该承认
爱情在某些时候，会退居其次
比如此刻，牙疼带给我的痛楚
就远比电影里爱情带给我的痛楚
更加清晰，甚至亲切

就像对镜整衣冠，镜中人
没有衣袋上一个破洞，破洞里探出的一根手指
那样具体、实在。一阵风吹过，口袋内外
手指对秋凉感觉出的不同，清晰可辨。

不要问我，群鸟为什么会杀人。
我羡慕鸟，没有智齿之痛。鸟喙可以是杀人的利器
却绝不会为此，多长一分。
人类总是有冗余的部分。

不要问我那一对儿佳人的究竟。
那只是你关心镜中，扭曲的自己。
那是干扰，是暗中等待的破碎，
远没有一根落魄的手指，一颗横生的智齿

一袭钻心风和一阵微凉痛，
能让你感受到自己。我希望群鸟消灭群人
我希望鸟喙清除人嘴——
亲吻的嘴暧昧的嘴彼此咬出血的嘴

通通灭绝。不给智齿，生存的机会。
不给爱情，萌生希望的机会。群鸟杀人
同时也杀掉了，*丝丝缕缕*
纺织的疼。

2020-09-17

复 杂

下楼，上车，咕嘟咕嘟痛饮。忽觉得
难以理解半瓶水解决口干舌燥之复杂。
又哂然一笑，这像极了一句"我爱你"
消解人生荒谬之复杂。
挂挡，前进，又恍惚于水疗馆前保安注视之复杂。
狼狈逃离，莫名的心惊也是复杂的。
再遇一只狗踽踽于柏油马路走成忧伤之复杂，
再遇一辆运钞车超越出租车，质量、速度和死亡关系之复
　　杂……

以上是我深夜开车回家，十几分钟路程之所见。
难以理解十几分钟（时间的）、路程（空间的）和深夜
　　（形而上的）的复杂。
于是，我也复杂起来了，复杂而至于无限，似乎有一个无
　　限的自己……
是的，并不存在"更为复杂"，每一种复杂都是无限的，
　　遂觉得所有的复杂
重叠在一起，也并不比我和我面临的问题更为复杂啦。

2020-09-08

窗　帘
——写在中元节

生者和死者，两个世界之间
窗帘以节日之名，年年打开
你和我之间曾经横亘的障碍
远比如今遥远。理解无从谈起
更说不上亲昵。那时候，
我厌恶你悬挂胸前，那两只干瘪的气球
它们在夏季的夜晚随意袒露
我要感谢，丑陋可以心平气和
没有挖深到我的梦里
挖到弗洛伊德探究的那一部分。
我甚至想不起你是怎样爱我
打动人心的细节，没有。
温情脉脉的爱抚与注视，也没有。
在回忆里点起蜡烛，光明和裹脚布
一起将两只菱形土豆块呈现，
我想把它们种进土地，让它们生长
结出旧日子完整的模样，我试图
看清楚那些被忽略的微枝末叶。必须承认
在你死后，爱才逐渐隆起
像是蚊虫叮咬后皮肤上的小包

等我抓挠时，它们早已不知去向
心上的红肿、刺痒，是生者的权利，
对于死者，我知道这毫无意义。
即便今夜你在窗外对我久久注视，
直到露重更深，生者和死者之间
即将拉上那窗帘，让我仍旧羞于
喊你，奶奶。

2020-08-29

裂叶榆

东北的裂叶榆，河北的裂叶榆，山东的裂叶榆，
甚至朝鲜和日本的裂叶榆，都在
玩儿一种活着的平衡术：在圆满和分裂之间
在社会性和个性之间，在磨刀石和刀锋之间

架一条细若游丝的走道：一步走错，粉身碎骨
万丈深渊等着粉碎你，作为榆树的身份。
然而，不作裂变，何以遣有生之涯？
何以在榆科中具有辨识度？何以于榆属中矫矫不群？
何以以榆树的名义拔节向天，过此沐风栉雨的一生？

相同的灰褐色，相同的龙鳞披甲，相同的戟张枝丫，都是
对于阵营的妥协。生命是一场集体搏杀，
不把叶子裂变出尖锐的棱角，何以
于混同的战场上，分辨自我？进而快慰于
生命的独特和对自我满足的一声叹息？

走钢丝的危险，有赖于这样一种平衡术，
生命的壮美和通达明识，也有赖于这样一种平衡术，
我制绳索的树皮的柔韧，我作为木材的紧密，
我的身体里含着的树胶和我消积、杀虫的药性，

皆有赖于这样一种平衡术啊，

我的参天，我的雄伟，我的拓荒千里，我的生存和消亡

要永植于这样一种平衡术，大风吹来，摇摆和稳定共

　生……

2020-08-16

定风波

天地所布的风雨，目的仅仅是我。
与我并峙、对立的不仅仅是
一段泥泞，混沌成声。

雨打芭蕉雨打人世雨打苍茫雨打昨天
声声喊痛的，仅仅是我
一人。孑然。

咄！且来——
何须竹杖？且让仰天发出的九千九百九十问，都来！
都化成这——打脸的噼啪雨

何须蓑衣？何须陈湖如镜来不断破碎？
何须一豁达胸怀来容纳这不断演绎的破碎，
再用遗忘和假装遗忘来弥补这命定的破碎？

我的裸体和两手空空
就是我的应对。我痛了，我喊了，我在雷声里爆破，
在世间万物里也唯有我——

把从古至今的雨从眼睛里又流了一遍。

2020-08-31

蛇足石杉

原谅我，现在才知道你的名字。
认识的开端，回溯到三十多年前
七八岁的孩子，专注于拨开草丛
寻找被你的绿色荫蔽的蚂蚱。

这是最好的相识：一次一次地遇见
一次一次，留下印象，互不打扰。
直到你的名字，像一道绿色闪电
照亮我，照亮日益沦陷的山河

现在，我想小下去，小到
能和你的千层塔匹配
小到我能一枝一叶地攀登
像行进于一层高于一层的修行

一只躲避捕捉的蚂蚱，在各种杂草
构筑的迷宫中，我找到了你。
我信任你的巍峨，就像你信任我
用沉默表达的惊慌和无措

我相信，你一定和我有重叠的部分：

你的狭长叶，你的螺旋状排列，
你的在岁月中轮回的枯荣
你的生存，选择岩石或阴湿的林下

否则如何理解，用你的茎叶
来治愈我跌打损伤的部分。
理解为相同的偏见吧，同情
打磨了我们尖锐的部分

总有一天，我会卑微到
能托举一颗从天而降的泪水
我屏息静气，把它放在你的孢子叶上
作为露珠，无用、闪亮……

2020-08-16

一滴雨落在我左手食指指纹的漩涡里

起初，并没有任何情绪
也不存在任何目的
因为是过云雨，所以雨下得不大
雨也像是路过的
稀稀拉拉
我在屋檐下，半躺于躺椅中
探出手去

只因为那是漩涡
可能意味着无从反抗
我忽然觉得这一滴雨
与其他雨滴不同
比如落在胳膊上
和偶尔落在脸颊上那些
(同样裸露的皮肤
同样的破碎、微凉)
这时候情绪和云层齐动
目的也和盘托出，唉——
这是我的食指，我的漩涡和我的雨滴

2020-08-11

一个场景

非常突然

女的声嘶力竭喊了几句

转身就走

男的朝女的屁股踹了一脚

女的并没有停下

就像"离开"这件事

不接受任何干扰

男的转身、上车

朝着同一个方向开走

从轿车绝尘而去的速度来判断

他应该不是去追她

而是用一个高速度追上一个低速度

超越一个低速度

进而甩掉一个低速度

至于方向相同和擦肩而过

所交会的那个点

纯粹是离开所产生的巧合

2020-07-30

暗夜白鸽

我不相信你是在等我。
在深夜归来的楼梯转角处，
我们的相遇，猝不及防，
距离仅仅隔着一层玻璃。

我相信上帝对我的眷顾，
正是给予我，和刍狗一样的命运。
在集体的抒情中，人类赋予你
和平的使命；在这个深如万古的暗夜，
你用一身白羽，为宇宙的浩渺
留出了可以着落的一拳之地。
尽管我的所求，也无非如此，
但我也不能把与你平行而处
视作某种具有象征意义的幸运。
比如生活将减少坎坷，我不再会
疾恶如仇，即便是平庸之恶；
比如有关爱的心愿，将有谁
来为我，挂上一叶顺风之帆；
比如我那飘摇如风波之舟的小店，
明天将会开门大吉，营业过千……
这一切都试图让你充当

某种神秘的拐点，像你现在呈现的
有关黑与白的强烈反差。

是的，鸽子，我很清楚
你和我的相遇，并不会
给我带来任何变化——这是
上帝爱我的最佳方式。
我掏出手机，打开照明，向你靠近，
为你拍照。你不惊，不惧，
以天使独有的目光与我对视。
尽管命运安排的一切，
仍将一一降临，但我别你而去
关上房门，写下这首诗时，
仍旧对你，面对一根探向你的食指
所持的坦然，心怀感激；
尽管它的心思含混不清，
尽管距离如此之近，仅仅是一层玻璃……

2020-07-09

简　单

它先于图腾和神话，
先于《道德经》、礼乐和蓍草龟甲，
先于一个关于流水的比喻，
先于一把开天辟地的斧头，那时候它的光芒
还在沉睡，在混沌，而非天地，之间。
先于风马牛之间的空白，先于寂寞和孤独，
先于每一个微妙的心思、天平上的抉择和不得已而迸发的
　　勇气。
先于水、火和被它们催生的所有的化合。

这许多事物，使生命变得复杂。造物像在不断破碎
——一面镜子，以自我摧毁的方式，完成着
令人呕吐的冰冷的繁殖。

只有一回，仅仅一回，
那是我诞生之初的微弱却肆无忌惮的啼哭，
如今回想起来，它并无意义的负累。

2020-07-01

虚无颂歌
——启示录之酒池肉林

你曾经咬牙、叹气，
忍受圣贤制定的粗粝标准，
用一张砂纸，把自己
打磨成一个体面的人，
合乎江山的尺寸。

一阵风就吹开了
光环的缺口，
像是它曾经吹皱
一池春水，平静、无辜。

爱情呈现给你的，
是生而为人的虚无；
那一刻，在女娲庙，
你想到了分开之前的混沌，
想到了第一滴雨还未落下的地面，
想到了这个世界没有留存下的
你诞生时模糊的啼哭。

泪水，拓展着大海的疆域；

而对欲望的约束，
不过是对生而为人的虚无
小心翼翼地进行亵渎。

万古如长夜啊，你决心
耗尽命运所有的馈赠，建造一面
用来囚禁自己的镜子。
鹿台的每一个夜晚的狂欢，
都是地狱在人间的折射；
你试图对照，一百种酒、一千种肉、一万个美人儿，
和一遍遍重复的生老病死。
它们同样令人厌倦，永不休止。

作为镜中的影像，
你并不知道，那个背弃王座
揽镜自照的人，就是你，
名字叫乔达摩·悉达多。

2020-06-15

锈

黑夜也在暗中糜烂着。
用一盏灯的微弱，
我曾经，护佑它。
现在我走进去，然后坐下。
腐蚀的腥味挺进鼻腔，
以旧棉花的质地。
阻塞是无效的，我的思想
从嘴里吐出来了——

一切都已病入膏肓，
我吐了一地鲜血梅花。
是铜的绿，铁的红，银的白，
是雪地上的尿迹，
是皮肤上的斑癣，
是我关节之间的阴影
隐藏在石头的缝隙中——
我还得站起来，继续走，
即便在身后，带着水，拖着泥……

2020-06-11

入松林记

——王维：返景入深林

在张家河，日影的足印
保持着唐朝的深浅，
松林入口处，布置好
远离喧嚣的所有可能性。

宁静，生长着，
用板石后青苔生长的速度。
时光，仿佛在大河边上就奔流如河
在松林中
就缓慢，就细微，就如苍松啊
衰老着，却永不可见。

白皮松下，巴掌大的
片片龙鳞
仿佛与芝诺不动的飞矢并排
自混沌诞生之初，
就摆在造物主
日常的餐桌上。

脚下的松软

让我怀疑，每一步
都会落入命运安排好的陷阱——
松针编织着地毯，覆盖
巨大的留白的迷宫。

宁静已成长为
林间万物。无约而至的人声，
不自觉低下来，
像头上的树枝一样
那么自然地，低下来……

唉，这些我试图回到人间
难以逾越的障碍。

2020-06-09

旧 文

——兼致冯默谌兄弟

读一篇旧文
和玩味昨夜的梦
很像

几乎可以确定
它是不真实的
却又不得不接受
真实正以当下为起点
排着队，又一次
走进梦里

十年啊！真幻之间的切换
穿越隐约的痛
像我和另一个人之间
隔绝着一场雾

我想问他
痛也不痛？
他说，先有了悲痛

才有庄生

2020-05-29

狗尾草

原谅我，那时候对你的关注并不足够
原谅我跌跌撞撞的步伐，只为奔向山顶
用一棵特定的青松，丈量童年的身高
原谅我回家的路上，把你坐倒一片
那时候我还没有茶几前铺垫的毛毯
我躺下，那柔软，那舒坦……
绒毛挠着我的耳垂，我轻轻地拨开
怕你钻到耳朵眼儿里去
原谅我。直到现在，在这个空白的夜晚
无物可以填充，才想起你，一直轻轻摇着。像无数条
真正的狗尾，在我身后追赶
抚慰着我的影子
那时候，月亮的鸣叫已经有了银器的音色
对于漫山遍野的清越，我像个聋子
对于在清越中休止符一样的你，我像个瞎子
那时候，我还只享受欢乐
却不知道欢乐的节奏，缓慢而温和
不知道欢乐在暗中，像一块柔软的毛巾
正轻轻地擦拭，把记忆擦得耳聪目明
原谅我吧。那是记忆，不是我……

2020-05-15

锅

往灶膛里投入柴火。
我明白其中的分别:

稻草的猛火总让我想起
有过的那些少年的爱情;
木块的火焰则适宜陪伴,
像那时候我所期待的,
温和、持久。正好煮粥。
忙碌间隙,你在我身边坐下
在灶台下和我翻检一些
无关紧要的琐事,这时候,
我投入那些干枯的树枝
它们燃烧着,不紧不慢
和我们的对话,保持相同的节奏。
夕阳越门而入,和火焰
混同颜色。你的脸曾经那么明亮。

很奇怪,那时候从未注意过
那口架在火上的锅。结束
那段婚姻,一年有余了吧?
我才想起,它黝黑的沉默。

如今我已不再操持火焰的秘密。
我注定会忘记，火焰与火焰之间，
微妙的差别。跳动着，难以把握。
看似死去的灰烬常在回忆里，
闪出火星，与那口锅一起
为伙食保持着人间的温度。
唉。晚归的人的面貌模糊了，
我才想起，锅是火焰和日常之间
沟通的唯一途径。曾经，
我自以为琢磨透了升腾；
现在却只有那口锅，在记忆里
墩着，恒定，再无更改的可能。

2020-05-05

葡萄

——赠绿源

相识十余年，你的形象
仿佛可以被虚拟的网络
分解为一把流沙
难以把握，也无法塑造

犹如诗歌作为我们相识的媒介
也可以拆分成一个个四通八达的汉字
或者浑不可解的横直勾斜
——所谓意义，从来就未曾清晰

直到你说，种植了葡萄园
那个微信聊天的夜晚，想象的月光
把两亩土地，映照成
一块镶嵌在黑暗的墙上的方鉴

闭上眼睛，我与镜中繁殖的葡萄对视
太多了，太多了，那些汁液丰富的眼球
那些青色和紫色变幻的瞳仁
如此具体，又让我如此无从拣择

兄长！至少我已确定了你的眼睛

你的形象和情绪，在二百里外

已准备就绪。暂且打住，我要去装点行囊

——留给葡萄成熟的时间，已经不多了……

2020-04-26

回到天空的人都还年轻

——致宫崎骏《天空之城》

包含无数种可能
才可以称之为辽阔
坠落的羽毛，不能再承受
一毫克的惊奇
才是真正的轻盈

是的，除了天空和幻想
再没有什么可以如此纯粹
你和我，都曾经年轻
轻易就松手，放走吹向四面八方的风
并用轻佻，去匹配了云朵

我深信，每个人都曾经
守卫着一座城
活着，就是持续战斗
城里和城外的对手
在每一个早晨，透过镜子
犹疑着，相互打量

不同的是，有人泥足深陷

遗忘像是沼泽

岁月冲刷，挖深危险；

有人讲述故事，回到天空

——年轻的蓝色，蓝得永恒……

2020-04-26

被孤立的黑暗

二十多年前，一个夜晚
跟几十个小混混
在街头打架。
我一直以为那是错的，
现在才发现，也许
根本没有什么是对。
唯一的同伴，那支橡胶双节棍
如今是否已归尘土？
它在战场上突然断裂
究竟是因为头骨的硬度
胜过了它，还是因为
它的劣质？
我不记得，在昏黄的路灯下
它究竟是舞动
还是直来直去，像一根木棍
直奔那些来不及
躲闪的头颅。
后来有多少次炫耀
我浑身是血，却没有一滴属于自己
断为三截的双节棍
是我逃跑的理由。

如今面对生活，再没有什么
能成为借口，
我开始一天比一天
担心劣质的
唯有自己，折断
似乎是迟早的事。
智慧的人都说
天堂和地狱，只在一念之间
我想，他们一定也经历过
恐惧的定身术
——老鼠在脚下窜过
地下室的楼梯转角处
一个人努力降低
呼吸的声音，他的手上
已没有值得信赖的
双节棍。
在一遍一遍描述中
把地狱改变成天堂
现在，我愿意承认错误
如果能找回
一错到底的勇气
我愿意重回那一小块
被孤立的黑暗
像是走进铠甲

与战栗，做伴。

2020-04-09

武 松

——只疑松动要来扶

用酒，你擦亮一面古铜镜
擦亮你不受羁靮的痛快
映照出人间的斑斑绿锈；
用酒，你唤出一只吊睛白额大虎
你不知道，那是狂风呈现的
你的另一个形象；
你的戒刀和一百单八颗人顶骨数珠
要用酒浸泡，才能夜夜啸响啊

当你喝下第三碗酒
书页开始颤抖
恍如下一刻，一棵千丈松
就会轰然倒地
会跌出一厘米厚的典籍

我担心，酩酊的你，要我来扶
一个诗人的卑微
如何能支撑你的巍峨；
我害怕酒，害怕醉酒的人
害怕在酒精里成为火焰

害怕燃烧，害怕
在人世里无根地升腾

我属于斗室，而你
属于江湖，属于传奇，属于星辰
属于人们的神往，抬起头来
光芒刺入我的双目
我的黑夜，已浸染成无边殷红
我害怕，你要我
用仇人的鲜血，洗手、涤心，
在雪白的墙上写下
"杀人者，张随"

2020-04-17

为什么总是敲打在身上

在没顶的荒草中奔跑
草叶对裸露臂膀的敲打
仿佛将永无休止
曾经的欢乐，绿色的七岁
血痕纵横，疼痛又过瘾

识字即是迷途啊，
还要被幻象耽搁多久？
从一个故事跑向另一个
一切所得、所失
都在敲打着未来的失败者

一场雨，等待着某个时刻
把所有的雨珠
全部敲打在一个人身上
诗，是无用的，等待
虚弱和悲痛全部落下
敲打碗里的空、思想的无用

唉！这身体过于敏感
也许依赖着连绵而至的敲打

才得以存在

2020-04-02

我听到月光嗡嗡作响

我听到月光嗡嗡作响
护卫着一个节日的蜂巢里
仅剩的一点甜蜜。

我闻到月光清冽的味道
仿佛刈割掉杂草，想要把肺
拿出来放到空气中

我下决心，从房间
走了出来，卷起裤管
把脚丫放在白色的溪水里

月光真清
我要用它洗涤
一切派生的意义。

让月亮回到天上
让日子不再特殊
我要回到祖先

第一次抬头望月的夜晚。

2018-09-12

橡　皮

走在几幢烟囱之间，
就是走进了
巨大。

不得不大。比压迫日常的楼宇
它们，更接近苍天。
用冲锋而出的黑

它们消灭白云；它们吞下朝阳
一仰首，顺道消灭了
一粒药丸的万丈金光。

巨大将我攫着，我有
过于卑微的小。像是要用一生
去熬过一个民族的苦难。

只能求助于自身的小啊，只找到一块
更小的橡皮擦。用它
我曾一点一点，擦去黑；

以一点一点蓄力的耐心，擦去

满纸的败笔。现在
我想要把它

递给人类。把巨大
擦掉，把翻滚扩张的奢欲
擦掉，把红标语和苦颜色

通通擦掉。一点一点把一个词
擦得通体透明
——"风烟俱净"。

2020-03-19

《坏蛋睡得最香》

——一部黑泽明的电影

复仇起始于一场婚礼
是残酷的事情。这多像
沐浴着月亮光华的人
走进它背面阴暗的环形废墟。

当你把玫瑰花插在死亡现场
当你在梦魇中冷静地计算、安排
你就明白，结局不属于你，
它属于永恒、命运和上帝。

所有人都曾想象，爱上
一个长短脚的姑娘。
残疾成全了她的完美，也为复仇
设置下难以逾越的障碍。

俄瑞斯忒斯、哈姆雷特和眉间尺
是你的兄弟，和你一样
他们做着徒劳的努力。注定的失败
成全了正义的可能性

但月亮照常升起，废墟中
坏蛋们睡得最香；
这多像一个环形的玩笑，
周而复始，不可更改……

2020-03-08

假途伐虢

你的美，是一个呈现了
足够诚意的借口；
如果起初我明白
它指引给我的，是
一条通往毁灭的坦途……

我还记得，你的美
多么谦卑——
你鼻梁制造的阴影
你的微笑没有谜底
你的身体汇聚的所有曲线
仿佛一切玄学都孕育其中
仿佛为我许诺了
灿烂前程

那时候，我以为
你和我之间
是一条叫作"爱"的国境线
一步就可以跨越；
后来才知道，
需要被跨越的是我，

在你和"爱"之间
——三个独立王国。

当讨伐已毁灭了一切
先是爱，后来是我；
一场雨照亮了满目疮痍
荒烟衰草，残垣断壁。
回顾即是历史
在它的镜子里
我的鬼魂通体透湿
却两手空空
它的名字，我想起来了，叫
——虞

2020-02-19

灯 笼

绝望是唯一的灯笼。
在储备回忆的地窖里
你耐心等吧——

直到黑暗闪现出瓦蓝色的光芒
直到厌倦已独立为厌倦本身
它将指点你
重新做人

2020-01-30

农夫与蛇

睡了十几个小时，醒来

外面还在下着雪。仿佛雪一直下着

从亘古下到了现在。那么一瞬间

觉得自己是雪下醒来的蛇

有着死亡的梦；仿佛从寓言中醒来。

直到发现，自己是农夫

是从出生就竭力避免被伤害的人类中的一个。

在农夫将死的那一刻，我猜想

他一定期盼过

自己是那条蛇；

而我醒来的一瞬，梦里期盼

成了现实的幻觉。

（心理错位，避免伤害的

最后一种可怜方式，比如施虐狂。）

带着死亡的感受，我凝视窗外

此刻的雪，是那个寓言里

不可或缺的道具。像是爱，

像是背叛或者成全，

用来将故事覆盖。

是蛇选择了雪，而非

窗外的雪选择了蛇；

就像是我们选择了命运
而非命运选择了我们。
我意识到自己还活着，
而农夫最后死了；
蛇毫无愧疚。必须承认
蛇是需要被满足的。
作为被同一条蛇咬了的人
我意识到，自己将活着
看雪，一直下到世界的末日

2020-01-11

辑 二

灰烬埋葬的象征

苔　痕

我习惯于向美丽的事物
低头，弯腰——
只有谦卑如身处于其中的山谷
才能装得下美的过去和未来；
在时间之流中，美的整体性
水落石出。

譬如此刻，久叩柴扉不开
门前垫脚石上的苔痕
却无意映入，自我的窥视之外。
（没有目的驱使，也许更容易邂逅美丽。）
想到庭院中的那个人，就是
踩着这样的痕迹出门
在我走后，又踩着这样的痕迹回来，
我忍不住把身子伏得越来越低
想要看清楚，它有没有勾留着
草药、虎豹和烂柯棋局
隐秘的信息。

这一点苍色，把我的眼睛
清洗得更加明亮：

左目人世，右目玄思。

最后，你知道，转身离去的时候

我并非一无所获；

我忽然察觉

那个随白云去往山的更深处的人

也许正是自己。

2019-12-28

雾中潜行

好大的雾。让前进
成为一种神秘的仪式。
所有静止的,
都是不确定性的同谋;
所有运动的,
都畏惧着。

何况还是深夜,
何况,心里还压满了
闪着瓦蓝色光芒的孤独。

你忽然明白,视线所及
往往意味着安全感
可悲的范围;
这二十几分钟的回家路,
像极了你的人生。
——向死而生,可这么深的暗夜
还搅拌着这么浓厚的雾,
那个叫死亡的归所
究竟还有多远的距离?

尽量压住车速，一如
你在这样荒谬的人生里
尽量信任理性；
方向盘就在你手中，
你最害怕的，是控制油门的脚抑制不住
一个危险的念头。

"雾来了，使着猫的步子"
你和车，一起打开双闪
像是老鼠探照着双目的寸光；
那些运动的、静止的
和雾和孤独和活着，
你潜行其间。你咬紧牙关，保持着慢
这多么像"活过一天算一天"

2019-12-21

银杏叶

我的睡眠要感谢一枚银杏叶。
白天的时候，我观察了许久；
它原本是众多树叶中的一片，
如今成为枝丫上唯一的亮点。

少数往往意味着不幸；
而唯一，唯一则是不幸中的意外。
这树梢的光芒试图将隆冬点亮；
寒风走了又吹回来，
到处都是破败、萧索，到处都在瑟缩……

和它一起想要挽救这人间的
是太阳。太阳像一个吊瓶
而它则像输液管另一头的吊针。
从早到晚，我都感受着
皮肤下的疼和心脏被注入的金黄，
细若游丝，却闪亮、绵长，
——在我的身体里，这一根琴弦……

人间本来就该如此苍凉，
人时也从来不辨行色；

银杏叶最终还是掉下去了。

我觉得之前我错了，我该睡了；

它其实是童年时灯绳上的绳坠

它掉下的时候，顺便熄灭了太阳……

2019-12-05

吹息集

野马也，尘埃也，生物之以息相吹也。

——《庄子》

1

黄昏的鸟
落在电线上
它不知道
它的爪子再用力一些
就会掐断流往格子间的
光明

2

雨夜
可以回家晚一些
这样就能乘坐
漂荡在寂寞上的
小船

可我不会划桨呀

3

儿子说，谁能看懂
你的诗呀爸爸
它太傲慢了
穿着哈利·波特的
隐身衣

4

六十多亿人类
是六十多亿
重叠
而又彼此独立的
地球
在此刻
在宇宙
与我
相看
两不厌

5

早晨的露水在我的注视下
自草叶上仓皇滚落了
仿佛没办法承受我目光里的
几毫克惊奇
落入泥土的时候，它顺便
熄灭了那一点过于辉煌的阳光

6

我的睡眠是一片白云
被一颗钉子
钉在了天上
夜空太黑了
我看不到它钉在什么地方
我床头的一豆台灯
也照不见它会落下

7

在旅途中
睡好，吃好，拉好
那会是一次

美好的回忆
以至于沿途的风景
结伴同行的人
和思想的重量
在那时候
就变得轻快起来

8

山里的黑暗
这么干净
我想做它的山野林间
其中的一只兔子
什么也看不见了
待在自己的窝里
我不睡觉，但闭上了眼睛
为了保持这么干净的黑暗
熄灭了黑暗中
两盏小小的红灯

9

远处的黑暗抬手相招
仿佛最好时光里的乌鸦
扑棱着肥大的翅膀

我的影子跑过去
成为其中的一支羽毛
——黑暗抵达纯粹
闪现出瓦蓝色的光泽

10

雪化了，你的眼泪
刚好够润一下尘土
你抓住机会，用尘土
揉搓了一颗
治愈未来的药丸

2019-12-16

像少女啦飞驰

欢乐似乎并非不可企及；
虽然另一种情绪
将我限制，成为
无法参与其中的旁观者，
但毕竟是在我的梦里。

一群人在漫天飞舞的雪花里
嬉闹，大笑，相互追逐
我逐一看清楚她们的面庞
并在心里默默点数
那是十三个你
十三个十三岁的少女
肆意欢乐，在我的梦境里
仿佛你、雪花、欢乐
从来就是一体

你知道，我一直担忧
你有太多的犹疑和不安
生活的馈赠往往只是负担
而四十岁，你常常说
"四十岁想要改变，已经太晚了……"

但是你看，至少我们还有梦境

我怀揣着常常跟你说起的

天道的无情

拆分了你的年龄、负担

看你轻盈、欢乐

像真正的少女一样飞驰

2019-11-24

大风辞

今夜，风很大
但没有大到让人害怕的程度
路人的脚步依旧笃定
只有落叶奔跑得
像是着了魔

是啊，总有一些人、一些物
在某个特定的时刻着魔
以大风的名义，或者以爱
但这一切都会成为背景

就像很多年后
我会站在另一场大风中回忆
今夜，我曾在十字街头站立
看那些落叶翻滚，奔跑
作为唯一，大风吹不动的事物
我对落叶无法确知终点
有着刚刚摆脱相同命运的同情

但我仍旧无法确知很多年后
我会在哪一处街头回忆起

今夜的大风，没有将我吹动

2019-11-12

烛

所有人都有过相似的体验。
曾经你以为抵达了安全之所；
此刻阴影正携带着铅的重量
和毒性，对你
开始进行压迫。

装满屋子的光明
逐渐暗淡。将要消亡的烛芯
和再也收拢不住的烛蜡
呈现出残山剩水的疲倦

曾经在梦中出现的恐惧
此刻有了具体的形态
它在墙面、镜中、未写完的信纸上
变化着，像梦一样不可捉摸
却越来越清晰……

泪水的比喻专注于一物
而黑暗埋葬的，则是一切；
最后，烛焰挣扎着跳动了几下，
你独自坐进黑暗中，什么也看不到了

再也没有什么能带你

走向门。

2019-11-10

局

嫉妒一个从未谋面的人
犹如炮打当头；
坐卧难安，你
像是将要渡过楚河的小卒。

无数次猜想，他
姓甚名谁，却无从知晓；
而你每动一个念头都要
忍受马踩着车的折磨。

期待一场蓄意已久的谋杀
不过是向生活低头；
夜晚曾经为你的心智
注入一线月光的清明——

你想过舍弃，离开象和士
被安排好的深爱，
去守卫一线断续的炊烟
过一种热气腾腾的生活。

命运的急声催促

很快将槐安避世的梦
吹散了。你重生向前的马腿
还在被杀人的念头别住。

永远等下去。你无限厌倦
却又无可奈何。你和他，将和帅
也许永远没有相见的可能
但对身边两口棺材，你爱之入骨。

2019-10-11

幸福是一件神秘的事情

你和我。坐在一场无来由的大雨里。
被轻音乐注满的餐厅
成为巨大的洗衣机，清洗着过往
和对未来的预期。没有可以制造雨的乌云
也没有让雨变得凶狠的风；
可以承接雨的其他事物——
树叶、屋顶、大地或者一颗喜雨的心，都没有。
只有雨珠，和雨清洗灰尘的声音；
我们共同想象了一下，也许是上帝的手掌
正撑开在我们的头顶，为我们送来了雨。
我们是这场雨唯一的目的。
需要强调的是，我们手一直紧紧拉在一起。
否则就不会有雨，和餐厅里疯长的原始森林。

2019-10-11

处 暑

大可以把时间当成空间
来体会，譬如由立秋
跨入处暑，像是从一个巨大泡泡的里面
跨到外面。溽热和清凉
仅仅一步之隔。这时候请你
闭上眼睛，用肌肤
来关照万物。仿佛万物新生
它们重新找到了各自的位置。
仿佛你一步跨入了田纳西的田野
成为那只著名的坛子。
你会知道，在田野之外另有田野；
在世界的某个角落，
有另一只坛子用沉默
与你的失明同声应和。
这时候，你漫步，吟哦
仿佛回到你生出胡须的时间之前
你呼出的每一口空气
都会成为天地间不仁的清风
抚慰着刍狗、落日和人世上
每一件与你无关的事物

2019-08-29

一个热爱大地的人理解飞行

我觉得自己坐在

一个闪亮的犁头里

飞机上升的时候

我和它一起，犁破苍穹

两个小时之后

飞机下降，又把苍穹

犁破一次

我在云雾中上升和下降

没有追究

耕耘天空

是为了种下什么

2019-06-13

乌鸦和重瞳

日头落下去的地方
是我深陷的一只眼窝
不要期待空洞的另一只
会升起月亮，或者
别的什么无关的事物
厌倦本来的面目
就是"本来无一物"
它甚至拒绝升腾的尘埃
所散发的光华
拒绝一切可能照亮
或者被照亮的事物

但谁又能拒绝一只
莽撞又无心的乌鸦
它飞过来的时候无人看到
它降落的时候也无人看到
它落在了古中国的重瞳上
它落下并擦亮了重瞳
擦亮的还有人世、人时
和人间不受干扰的万种琐事
咦，乌鸦的光华和一现的昙花

又有什么区别？

2019-06-01

能饮一杯无

对于一个不会喝酒的人

一再把它以液体的形式

斟入酒杯大小的圆月

是无意义的。当我把这个动作

重复到第一千次的时候

雪意的笔墨越过南山和南山上的钟声

氤氲到了高烧之人的额顶

这时候，一线清明落下

把万里江山抖开成一匹快意的素绢

把书写，送回遥远的古代

让马儿乘兴踏遍枯林古道、悠悠念远

去邂逅一个地上的散仙

去看他微醺、朗吟、用缩地术

表演倏忽间北海苍梧

去和他一起蔑视人间，并对金山寺外的蛇精宣告

我辈胆气比她的原形还粗。最后

留下我一个人

将发烫的脸颊贴上这丝绸质地的夜晚

和它感受彼此的柔软

2019-01-10

雪 上

我走在旷野的雪上，
听着脚下"咯吱、咯吱"的声响。

对于一个不会弹奏、歌唱的人
积雪也可以成为一件宏大的乐器。

空间多么辽阔，一点点音乐
显得那么珍贵。

雪上的反光，像是放到嘴里
那沁开的甜。

我想，还有更多的光
从宇宙中任意的角落赶来。

我缓慢的脚步和雪上的音乐
等不及它了。

2018-12-26

大雪：被灰烬埋葬的象征

在舞台上，一个男人
张口放出了
四处乱撞的鸟鸣之音。
迅速对其人由来已久的厌恶
进行肯定："禽无声"。

剧场的阔大，装不下六个少年
对六对父母进行的控诉，
教育专家用公式化的语言
扮演纳粹，打量着犹太人的脖颈
——全场的父母都很无辜，却甘心受戮。

爱人灵巧的白色手指上
操控着你愤怒的蓝火焰，
它的燃烧既不大也不小
它的跳跃在厌倦的灰色幕布上
挣扎，却无处可逃。

是的，这是有关大雪的
伪命题的一天；
这是偶然的节气和必然的荒诞。

纷纷扬扬的灰烬

宛若死人干枯的头发飘向上空

穿越水泥封闭的穹顶

埋葬大雪降落的无限可能性⋯⋯

2018-12-02

在寒冷的注视下

最复杂的迷宫是线性的。
就像时间，我们永远
走不到尽头。唯一
能做的反抗，是对某些
相似的情境进行命名。

比如今早醒来，看到
寒冷在遥远的西伯利亚庭院里
劳作：一锹一锹，深挖陷阱。
我已经三十六次
梦到相似的情境——
从青萍之末到白桦林之巅
从故宫到克里姆林宫
从一个梦进入另一个梦。

第三个本命之年，我不想
再做无动于衷的旁观者；
必须承认，在幻想的历程里
我曾历尽沧桑。我想走过去，
在大雪的故乡跟寒冷交谈，
请教他健壮如昔的秘诀

——这等于赞美他

埋葬人世的速度。我想告诉他，

不再痛恨阳光沦为他的同谋

不再痛恨他铁锹边上

挥舞着白色旗帜的寒光。

在他的注视下，我将

从容躺进不断加深的陷阱。

沉沦，逃离时间迷宫的唯一途径；

黑暗裹挟着黑色的泥土扑面落下，

而我早已在战栗中冷静，看呀——

在掘墓者的头顶，一根树枝

折断了自己，紧接着

另一根……

2018-11-26

小雪：以拯救之名

先民们在时间的绳索上
打一个结，记录下
与寒冷的又一次相遇；
而我倒悬于执念的针尖
将心中的寒冷
嘶喊得越来越坚硬
直到口中吐出尖锐的冰凌。

是的，我曾在另一个地方
作为一个过客，度过了
乱麻一样的一生；
一个来自集体记忆的
对时间的温柔命名，
却将我轻声唤出了梦境。
并没有天赐之雪
掩埋醒来后的虚空；
它只是用阴郁几天后的初晴
耐心地将我心中的郁结
慢慢打开，并顺手
打开了故乡夕阳的眼睛——

此刻，太行山正在一片橘黄色中

缓缓流淌，而我

重拾了步入人间的信心……

2018-11-16

窗 外

接连几天，我总是站在窗口
数院中那棵梧桐上
还残存的几片叶子。
我担心它们落下得太快
再没有什么，能为我
握住十一月最后的雨声

它也看我，但沉默不语；
我们相互并不理解。

直到最后一片叶子
坚持到油尽灯枯，
雨并未如约而来。
我终于发现，秋日的余晖
把万物都拓在了一张白纸上
一阵无心的风经过
世界正瑟瑟发抖

我猛然惊觉，沉默者早已洞晓
悲伤的单薄、无用……

2018-11-05

落叶沙沙响

窗口的耳朵
安放得越高
声音就越清晰：落叶沙沙响
高过了一切喧嚣
和混淆听觉的纷杂消息。

——人间
坐着温度计上的电梯
急速下降，将要越过
冻结声音的零点：
当电梯门打开
它将一步踏在城市
失语的喉管上。

落叶沙沙响
在当下，城居的窗口
就是十字架上的复活者为尘世羔羊
显示的奇迹。
这金黄色神谕指引我
走向深思的永恒。

孤独是一个人的；

孤独者被落叶裹挟着从高楼失足坠落，汇入时间之流

却咬紧牙关

不发一声……

2018-10-25

神垕行

几百件钧瓷列阵于前
远比一个叫神垕的古镇的千年历史
更为真实。堆放残次品碎片的"钧魂池"
装下的万千尖叫，远比
人世的一切苦难更为惊心动魄。

在这里，我相信自己与世上的
一切易碎之物
都有命定的约会。
爱情。生命。多年前打动我的
落在床前的一片白月光。
与这些瓷器共同散播着
细碎的开片之声。这时光中的私语
越密集，留给内心
回声的旷野就越空旷。

长时间于古窑址前伫立
我试图进入每一件瓷器命运的开端
我想象自己在与空气接触的瞬间
学会呼吸，并用"出窑万彩"
诠释存在的参差多态。

大美无言，瓷器安详、自足

它们静静等待着远处的

碎裂之声。相对而言，我像个懦夫

像一件背叛了命运的瓷器

趁暮色自豫东平原向平庸的日常潜逃而去。

2018-10-16

街边上的痛哭

驱车途中，我听到
街边上有人失声痛哭

阳光自正前方车窗涌入
仿佛车外的世界浸泡在明亮的海中

哭声冲破海面，形成
逐渐扩大的漩涡

我想走过去，朝着漩涡
我想对着其中的黑洞轻声说——

如果我们终究会死
就没有多少经历值得失声痛哭

去民政局的路毫不犹疑，避开
我内心无力而又无用的漩涡

一个人和一纸离婚证书在等
车没有放下我

2018-10-10

老戏台鉴微

1. 相吊

这城市中遗留的开阔地上
匍匐着阳光剪影的巨兽
大口一张就拦截下
奔流不息的时光
同时反哺出有关前世今生
记忆的鳞片

——对于我，一座老戏台
坐落于前，远比一个叫潞州的
古城的千年历史
更为真实，也更为惊心。
良久相吊，我开始相信
自己与世上的一切蒙尘之物
都有命定的约会。

如万里悲秋独做客的一片影子
终于匍匐着衔接上走失已久的身躯

2. 映像

雀替大斗有多辽阔
才能存得住一千种人生
横陈的大额枋有多逼仄
才能把一千种悲欢
压抑成——戏

梁架上的蛛网
恍若历史里逸出的回声
黔首的呼喊
在挂灰上摆荡
十二斗拱是十二支忠贞的箭矢
守护着遥不可及的庙堂
也守护一饮一哺
凡俗的日常

耳房。妆楼。飞檐一挑
就挂住了人世的所有沧桑
灰瓦和青砖共同隐忍着
无尽落寞和片刻辉煌

三面围城，一面观戏
——事物越完整就越混沌

片面的呈现，让世间的爱恨情仇
更加清晰

3. 还魂

大唐是你庭院中
千年老槐下的大淮安国
一阵风就把城池宫殿
吹成了李渊玄武门惊醒后
满目的萧索

世情。朝代更迭。高高举起的狼烟
燃烧着不仁照拂下卑微的刍狗。
命运在洪洞县交给苏三的
也将在人世交给每一个人。

生老病死应有的安稳、自足
像一页无辜的白纸
被一次又一次撕得更加粉碎
丢进历史阴暗的角落

——唯有你啊，颤巍巍的老戏台
仿佛祖母回来了，她没有死去
支撑着衰弱之躯
在尺寸之地上，喊回三千里地家国

四散奔逃的魂魄

4. 入戏

而我，正在两排红灯笼
指引下缓步登场
我有山河肃穆的腰身
和人间万物各自的模样。

是谁把我的命运
关进关汉卿或者更多无名氏
用唱词围困的牢笼
又是谁让那么多迥异的灵魂
在我唯一的身躯里
自由出入，穿梭如风

我要流淌下多少泪水，才能汇集成
奔涌至今的浊漳河；
太行山与天为党的高度
加深了我的昏眩，
仿佛那些陈年旧事压进了酒里
举杯一饮，就唱成了千年传说。

在某个未知的时刻
暗处的锣鼓锵然一响

——我恍然惊觉，老戏台下
我是我唯一的观众
入戏成狂

5. 送别

再一次，夜晚滑落下黑色丝绸
遮盖住老戏台
犹如遮盖起一件
在高处静静等待着碎裂的瓷器。

现代文明的灯光犹如潮水
从四面八方而来，拍打着这易碎之物。
古庙会和祈雨的人们
被时光的釉面隔绝了狂欢，背影散淡；
夯土墙上的裂纹
犹如开片，在月光中散播着
繁华散尽后的喃喃自语。
这细碎之声越密集，留给那些魂魄
游荡的舞台就越辽阔

——此时，老戏台用空谷一样的襟抱
收容了几只无火可扑的飞蛾
却对一个过路者以静谧相送，不再言说……

2018-10-21

我不知道教你如何面对醒来后的恐惧

我猜测是这样的：意识之舟逐渐靠岸
涌入眼睑的不止记忆中家的印象
黑暗的潮水也同时淹没了你的头顶

我猜测独自返航的尤利西斯
和你有相同的经验。命运在伊塔卡海岸交给他的
同时也在恰当的时间和地点交给每一个人

——铅色阴云打心底升起，恐惧
掀起彷徨的巨浪，舌尖一闪就吞噬了
爱的温床。"人生如梦"展示着

大海般辽阔的冰冷，是你今晚
所有感受的总和。亲爱的，当你独自
从包含着无数面镜子的梦海中返航

我只能在世界的尽头迎你，用大雨虚无的忧伤……

2018-09-13

中秋辞

这一天，没有事物比月亮
更加无辜。仅仅是因为圆形的
必然的相似性，
一种古中国的馅饼以它命名。

——正如所有比喻都不过是
片面与片面的相遇；
我不敢相信在咀嚼五仁的时候
顺便也咀嚼着那温柔的光华，

并同时获得尘世的圆满。
作为诗人，我不信任一切比喻
并鄙视所有时间的刻度
所带来的象征的意义。

谁在最初说出"月饼"，谁就落入
命运安排下的陷阱。
谁经历过十年的家庭战争，
谁就懂得生活的千疮百孔。

在今夜，我用月亮的另一个比喻

——盘子——易碎的瓷器
托出那脆弱愿望的几块倒影
同时也和盘托出了父亲和母亲的

一纸离婚判决书
留给一个孩子的时间的灰烬
和对月亮在其他夜晚
犹疑着不断盈缩的同情。

2018-09-11

窥　视

你指着天空说蓝得像是
西藏的天空
蝉鸣开动起电钻
顺着你的手指钻出一个让我们窥视西藏的小孔

无法不逃避这可怜的人间呵
大团大团的白云
在那儿停着
仿佛等我们站上去，就会开始飞行

2018-08-08

颈 椎

你用只允许我一个人听到的声音
提醒我，你存在，并有着至关重要的意义
像一切内部的事物一样，你的爱
有难以察觉的特征。譬如与母亲相处
譬如在辉煌的夕阳中踽踽独行
譬如临界不惑之年，内心却越来越巨大的迷惑

有时候天空漏下一线清明，我晃动起脑袋
以聆听你"嘎巴、嘎巴"的零距离训诫
为了把握你的形态，我把你想象成
某个年代久远的庙宇的廊柱
朱漆斑驳已遮掩不住内部的千疮百孔
被大雨逼迫的旅人，至此更加局促不安

是的，当你用一根钢针别进
我的后背，像用"定身法"定住
我从床上挣扎起身的姿态，
迫使我在短暂停滞的时光里
对人生之逆旅做出反思，并开始惭愧
仿佛突然注意到一匹瘦驴——那是一路行来
唯一的旅伴，它正在坚持，正被病痛折磨……

多么荒唐！又多么无可奈何
你本该是我身体中八面玲珑的部分
如今却被折磨得成了一个愤青，每日
用切齿的诅咒来确定自身的价值。
我决心对你好一些，我担心你成为
"社会的不稳定因素"，担心你
会从"愤青"成为"愤中"，甚至
都不会在愤怒中步入老年，
像我的一位同学，前几天
在饭局上不打招呼就抛弃了人世……

2018-06-22

无　题

我一直觉得，树
是为风准备的，
否则那流动的感觉
将无可命名。

我一直觉得时间
就是一场骗局，
它只是我们置身其中的空间
在镜中的投影。

我一直能感受到母爱，
即便它并非来源于母亲；
我虚弱的心总得相信
这世间有点什么值得信赖。

今晚，当风吹拂过
我发烫的脸颊
我深信它也
掠过了万物之端

如果它单单没有

抚慰着你的梦

我觉得我在人世里

就只是思维的幻影

2018-06-21

月亮和信笺

太行山把我们抬得越高
我们越亲近月亮。
像在回忆里沉锚，
有模糊而又清晰的印象
迫使汽车在山间停泊。

月亮脱下来
唯一的白色的衣服，
盖住漫山遍野。
像是天堂落下信笺
轻轻盖住我们的脚面。

无远弗届的叶语
读出真正的无字天书；
空气纯净得像是
被橡皮擦刚刚擦过。
我们屏息静气阅读
唯恐打搅
沐浴于自己光芒中的月亮。

带着生命中所有可能的

隐秘欢乐和创痛；

我们蹑手蹑脚离开。

连月亮的衣服

都没有敢惊动，

像是温习了一遍少年的情书，

又把它顺手还回群山的邮筒。

2018-05-29

部分的我们

城市里人群太拥挤，我们逃往山间。
山路上，三三两两的人，
把我们挤得躲在大石头后面。
一路爬上来的还有
人面、人声和人的目光，
像我们脚下丛生的杂草，像杂草里密密麻麻勾上裤腿的鬼
　荆针。
我们仅剩下目光能逃——

苍天比人世广阔。
瓦蓝色纯粹得原谅了一切；
月亮白得一点都不扎眼，
这时候，部分的我们去和它在一起，相互都不觉得厌
　烦……

2018-02-27

记忆那么偏执

在神禾塬上
碰见一只鸟
不知道它的名字
鸟在其中
捕食、嬉戏的河
我也不知道
它的名字

在十几年后
突然醒来的
这个夜晚
唯一可以回忆的名字
属于那个跟我一起
碰见鸟的人

不如就
把那只鸟叫李杨鸟
把那条河叫李杨河
如果记忆这么偏执
需要正"名"
我还愿意

把那个跟我

一起看鸟的人

命名为"李杨"

2017-09-25

飞 行

你先到了约会的地方
你说让我飞过去
我纠结于
像克赛一样飞过去
像悟空一样飞过去
还是像喷气式飞机一样
飞过去

无论哪种飞行
只有你跟前方寸
才让我相信大地，站得安稳
我散尽七彩祥云，落地，
看你，在小饭馆门前
傻笑得像个凡人

2017-05-11

虫　声

蛙鸣，鸡叫，鸟唱，鹅儿欢……
这就是人世啊，人世是不懂爱的
向晚的夕阳是不懂爱的
它只是流淌着粼粼的光芒

这时候汽车鸣笛，
与无数这人世的虫声应和
应和，并致敬
向这无爱的人世致敬
向不仁的天地，向众生……

2017-04-13

道

就像影子追逐着身体
光追逐着影，我的心追逐着光明
——而夸父追逐的不过是
我心在天空的倒影

一切过于完美。总要留一些失败
给这期待完美的人间，譬如：
哲学和儿歌，言说和缄默；
风牵来青牛的形象，也牵来了我。

——而我终归要与道边的刍狗为伍，
这与你死于邓林，并无不同。

2016-03-08

想起终南山的一条蛇

拨草寻径，草
太茂盛了
脚下的路又过于细窄

山上是高天
高天之上
是一个叫终南的命名

蓝和绿
平分秋色
对接自然

绿色的蛇倏忽出现
像一道闪电
它停下，昂首

红色的信子
像另一道闪电
第三道闪电

是白色的，小小的

惹人生怜，刻在
微沁冷汗的脑门上

多美的鸟鸣
多美的桂花落
多美的幽寂

才配得上
一座山的名字
和三色闪电

2015-01-31

无弦琴

——给我的学器乐的孩子们

世上的美好无过如此——

舞台像天空一样展开
风暴蓄势待发
而风眼——那把舞台上的椅子
早已就位，像一颗星星
落在井底
你身着青春，缓步登场
你怀抱着琴有山河的肃穆
和光线一样的腰身
你坐下，星光沉稳
屏息，静气

听——
琴伸出手指，拨响你的弦。

2015-01-16

灰喜鹊

被现实涂抹的心
落下来了，
一只自枝丫间坠向地面
觅食的灰喜鹊。

枝丫：生活中分叉的小径。
在上面，天空的自卸车
卸下来自西伯利亚的雪
掩盖人世所有的秘密。

大地的纸张铺开。我的一生
都在反抗自己的指爪
在大地上重复书写
同一词语。

而城市的心脏
在更高的灯火中跳动。
像另一只饱食后
活泼泼的灰喜鹊。

2015-01-16

旅　行

生长在路边的树

是幸运的，它们学会了旅行。

它们把过往人们的步伐

当成自己的步伐，那些人就是风景。

急匆匆走过的人，树急匆匆地路过他；

悠然信步的人，树慢慢地欣赏他。

有些人背负着罪恶，

树像经过运送来垃圾和恶臭的河流

皱皱眉头，掩鼻离去

——旅途中难免有些不想经过的地方。

有些人会散发淡淡的光芒，

淡蓝、乳白、浅黄……

色彩各有不同，树能分辨出其中的差异；

树喜欢光，他们是树感动于心的好风景。

有时候，数次经过同一个人

树看到了变化，看到了时间的魔法

它们彼此看看一路行来的风尘，会心微笑。

旅行的树有时候也想回到山林中

过一种乏味却简朴的生活，

但旅行者要死在途中，树对此心怀感激。

对于一路行来的那些风景，

树只是欣赏，从不想改变什么。

2015-01-08

辑 三

如果不是那只鸟

当春天归来

当春天归来，我沉睡了两个小时；
我是春天两个小时的空白。

像枝叶复苏的林间的空地，
安放在造物眼前。

还有什么，比将自己
完全放入春天更加适合春天？

我沉睡，并忘记了春天和自己；
当我说出一切，就失去了完整的两小时春天。

2018-09-17

虚怀之秋

乡下的秋天
是一口洪钟
装着那么多寂静：

庭院里，葫芦
怀揣着寂静的秘密
低了又低；

田垄上，酸枣
用那么多小刺护卫着
一点点寂静的红；

连刺猬的翻身
都是寂静的，
寂静的是小五仙的集体；

玉米秆有寂静的干枯；
喇叭花有寂静的嘹亮；
寂静的土路在田野上

才像一条真正的路，

嫁往城市的姑娘

正在路上寂静地离开。

她有寂静的腮红

和寂静的泪。

这么多的寂静

在一口洪钟里

不增不减

却无人敲响。

2014-10-03

薄　暮

　　向晚意不适，驱车登古原。

　　　　　　　　——李商隐

将隐喻的夕阳抛弃，
扯起一层灰色的薄雾，像
为老年的眼睛安放好白内障；
此刻的薄暮永无止境。

再一次，骄傲与闲适
被践踏入泥泞。
再一次青色的巨兽临水照影。
再一次我独立街头

求教驱驰而过的来往车辆。
天空像是墓顶，
灰尘和叶子沉寂不动。
唯有运动的车辆送来神秘信息。

车牌一如占卜的龟壳
——尾数为单，死亡。

尾数为双，生存。
交叉的街道竖起成巨大十字架

我被绑缚其上。我看见
驱车来往的人奔赴古原而去；
我期待着下一辆车早些来临。
而此刻的薄暮永无止境。

2014-08-22

雨下了一周……

雨下了一周，或者更久。
公交车驶来的时候
像一只甲虫，在蜘蛛织了又织的网上
挣扎着挪动。所有这一切：
车、人、树木、楼群
甚至心里残存的一丝丝期望
都是在潮湿里挣扎的小飞虫。
当灯盏次第亮起，
猎手的经纬更加清晰。
一定有一些东西在一些地方
渐渐腐烂，比如根，
比如街角丢弃的一颗金黄色的橘子，
比如人事，人世和人时。
雨继续下，
我的内部已饱含水分，
我觉得我将要成为一滴液体
顺着其中的一根雨线
滑落得更远。

2014-09-16

拉　萨

洒家想去拉萨之心由来已久

有故友通过微信自拉萨打来招呼

洒家遂有鱼吐水泡般咕嘟咕嘟之问

洒家问拉萨有佛子如处子般眼波否

有仓央嘉措签名之云朵可拾得否

有马原憩息之安稳天空可伸展四肢否

有石呈菩萨之形独示于洒家指引皈依否

有随处角落藏獒种于故乡土地之安详否

有藏式花纹镂刻于老人额头之高原否

有爱情失之深邃无人可承受遂爱于人世否

洒家喋喋之问不休地浮出水面

只破碎于空气回归消融于空气啦

洒家遂明白拉萨于人亦只是一面明镜

像尘世亦只是照见各个独一的自己

洒家遂安坐于水泡中冉冉上升片刻成佛啦

2014-03-19

落日颂

我知道自己在你们心中的地位，我的朋友
我说自己像是落日你们会嘲笑我的狂妄
这些年来你们谁曾经注意过落日
谁曾经体会到落日送给你们最后的温暖
你们发福了，你们喝多了
你们在日落后不停地呕吐，不停地……
你们甚至连落日的碎片——那些已经冷却的
星星都不屑一顾
让我来讲讲吧，关于落日
关于在我们贫瘠的交际圈中曾经有过的无限美好
有时候落日像一枚徽章，你们在水中一再打捞
最终捞起的却是一枚令你们满意的扣子
有时候落日像弥留之际的一只手掌
它努力探向你们，努力但却无力
有时候落日提醒你们注意，注意这最后的比喻
落日像是落叶啊，它无力，它在飘摇
"落叶依于重扃，感余心之未宁"……

2013-10-05

致儿子

我确信，在成为这一个你之前
另一个你曾长久地注视过我
在天上，或者时光之外
你满怀悲悯地看着我
在人世里坚守天真的混沌
我确信，你是带着锤和凿来的
二十八年的注视使你不忍
决定来接受你我共同的命运
你看我莽撞奔走，头破血流
你终于要来为我凿出七窍
你是我的儿子，父亲和上帝
我要告诉你，我看到了，听到了，感觉到了
你说要有光，于是，光照亮我
你说和光同尘，于是我又在尘雾里消隐
但是，请为我保留一点混沌吧
也许你还记得，在那本著名的《庄子》中
我已死过一次

2011-02-17

荷

当我写下你，即
如此轻易地占有了你
尽管你的本意是远离
远离尘埃与世俗
远离干渴的北方

人类的愚蠢赋予你
无关的含义：正直、清廉
但哪一个人曾经
潜入过深深的泥潭
哪一个人明白探出水面时
第一口空气的新鲜

——更多的愚蠢来源于
独处一隅时刻骨的孤独
孤独而非寂寞，像
时光在肌肤上雕刻
孤独在骨头上炫耀技艺
在想象里为自己成就
顶礼膜拜的图腾

譬如此刻，雨不停地落下
夜撑开无边的黑伞
我却被淋得通体透湿
电脑的蓝色荧光像是 X 光
我看到身体里的一些东西
我感到恐惧，于是想到你

想到少年与怀抱的江南
想到鱼戏之东南西北
想到采莲女子的腰肢
想到这些，雨继续落下
想到还有支残荷，在记忆里
为我握住闪亮而温暖的雨声

2009-07-30

乡村庭院即景

猫在院子里行走，使着
晨雾退去时的步子；
它停下来的时候
像一只从未改变姿态的杯子
坐在湿润的泥土上。

玻璃杯。旁边卷着一根鸡毛
和几片落叶的小旋风
也有干净的质地。
——初冬上午，一对易碎的恋人。

秀拔的柏树围成坚固的栅栏，
将铁锤之风挡在外面。
阳光和海水自树梢漫下，
灌满无谓的容器。

自舒展的躺椅上起身，当
身后的空洞闭合；
几颗腐烂的橘子在树下闪耀着
像去年就等在那里的绿宝石。

——过往，我已虚度了多少时光!

2008-11-12

如果不是那只鸟……

如果不是那只鸟，从更广阔的世界飞来
划一道漂亮的弧线，下降，收翅
像一个平稳的句点落在那里仿佛一下子
占据了世界的顶点；像先知凝练而神秘的语言
传达上帝的旨意语气平淡——

晦暗而稀落的雨，保持了适当的距离
鸟与我之间存在着美的无限可能性
也就是说，已在窗后久久站立的我
曾经因鸟的缺席长时间徒劳无功。
如果不是那只灰色的鸟，我也不会注意到
在七八百距离处弃置的三脚架，
尽管钢铁与周围丛生的荒草格格不入
尽管风吹来，草柔软地伏倒又立起，
那锈迹斑斑的金属倔强地不为所动。

如果不是那只不知名的鸟，我不会
为自己找到合适的位置。
下午的时光又细又长，我站在窗前
任凭体内的某些器官慢慢地弯曲、弯曲
那力量迫使我低下头再弯下腰去，

我抵抗，努力站起，并将自己从窗口扔出
像将一团垃圾扔进世界

如果不是那只鸟，突然闯来，"啾——"
我也不会听到自己体内这一声鸟鸣，
它犹如一声集合的号令，上帝和我
迅速各自归位到三脚架的另外两端，
体内的力量立刻折断，消散
（或者一秒前体内的声响不是鸟鸣，而是
一根木棍干脆的折断？）
这时候鸟依旧保持沉默，保持
与我和上帝同等的距离
倔强的钢铁在雨中闪现出晦暗的光……

2008-05-27

右手喜鹊左手乌鸦

冬季的简练，使符号的位置变得显著。
在午休散步的田野上，我感觉正
走出一篇有关命运的小说带来的沮丧
随手捡起一首诗。我和几位同事
几乎同时注意到那些鸟类：
它们不规则地点在道路两旁的事物上。
不约而同，大家开始谈论它们的自由
（那是另外一种难以企及的轻盈）
它们栖息、跳跃，并对这不远处的艳羡
无动于衷。我惊奇地发现了它们
竟然泾渭分明：喜鹊在右，乌鸦在左。
在古老的教训中，居右的家伙给人带来喜讯
而居左的倒霉蛋则永远因不幸而被鄙弃。
我相信这不是巧合：左和右，激进和保守
人生一再重复上演的悲戚和欢欣——
这使我更加走近它们：几乎无法区别它们的面孔
神态与动作也毫无不同，作为差别
颜色的标签则像旗帜一样鲜明。
我还不无悲哀地发现，乌鸦的体形
大过喜鹊；但值得庆幸的是
喜鹊比乌鸦活泼，像精力充沛的小精灵。

——或者是错觉？潜意识作祟的修改？

突然间，它们"呼啦"一下同时起飞，

不知不觉中我已靠它们太近；

我注意到飞去时它们融为一群，不辨阵营

目力所及也无法再一次将其区分

我突然对同事们一挥手指

——看！蔚蓝的天空，飞去的鸟群！

2007-12-26

假如逝去的事物能够修改

回过身去我看到
空旷的山谷
被风暴填满
果园中布置着
密不透风的弓林
——红苹果将树枝拉满
——大地之上从无空白

假如能够，回过身去
我想要修改风
方向或者形状
我想要修改苹果
让它们五颜六色
——我倾斜着身子
尽量探长手臂——
假如一切可以修改
可以用橡皮擦掉重来
我要扶正紧张的树枝
让风暴变得和缓
我要小心翼翼
采集苹果的芬芳

然后均匀地

涂抹在风的尾巴上

——二十余年，回转身去

我经过的山谷

将满是五颜六色

苹果的芬芳

2007-08-30

自以为是

西红柿很红，邮筒很绿
如果西红柿长在邮筒上面
一定很好看。
星期一到星期五
我不是你的，我可以
把西红柿和邮筒
恋爱的好风景
写一封信告诉你。
当然，那得
给我留下时间。
有时候，西红柿的生长
不需要时间，不需要一根藤
不要土壤、空气和水分……
我看看邮筒，一声叹息，
它就熟了。

2007-08-27

马

那个追赶公交车的人
在飞奔，像一匹马
远远看去
他四肢健壮
在公路上左躲右闪
像一匹小马

这个早晨
一匹太小太小的马
它多么想任意地飞奔
这一切发生在
虎豹横行的内心

2007－06－28

人间烟火

夕阳活像个蛋黄

坠在平底锅一样的田野上

尚未煎老的橘红色

流淌着光芒

使一切事物显得温软

田垄、树林、远山、金子的河流

和银子的天籁……

我并未走远,东一堆

西一堆的房屋

提醒我尚在人间

啊,这人间,这孤单

看那安稳得像几只小船的村庄……

现在是做饭的时间

屋顶近邻着屋顶,家家户户

哪一家的屋顶也没有炊烟

那些做饭的人们到哪儿去了

菜园?田间?被大风

刮到了未知的远方?

不,这不再是炊烟的时代

这是煤和气的时代，柴火无用
毫不可惜腐烂在林间
啊，这人间，这孤单
看屋顶紧邻着屋顶
像一座接一座废弃的神龛……

2007-06-26

减法之春

春色十分，被隔绝于窗外。
车厢内弥漫着汗味
使四月末的阳光
变得暗淡；轰鸣的马达
进一步混淆视听。

当他赶上早班的公交车
当黑色的公文包像飞溅的泥污
在城市里一闪而过，
疲惫的裂缝正沿着脚跟
攀爬向大脑
疯狂的爬山虎一样，悄无声息。

春色十分：电话亭上
站立的喜鹊用清脆的声线
把蓝天放得愈高；
温暖将女孩儿们的衣衫
削薄——哲人画就的曲线
得心应手。

他的内心的橡皮擦，

将春天当成失败的炭笔画。

2007-04-23

静物：长椅

蝉鸣高速旋转着，刺进
这夏日时光的琥珀
将松脂禁锢的往事搅浑：长椅陷入深潭
打漩涡中心，一些细节浮现上来

透过成群消隐的脸孔
一颗遗失在童年的玻璃弹珠
散发出温润的光泽
——它是时间的月亮，静谧、羞涩
穿越生长茂盛的灌木丛
反射着淡蓝色孤独

保持沉默的天空，以及
一切作为背景存在的事物
倒卷起来，慌乱地服从
命运的秩序；唯一的长椅不动
它处于龙卷风的风眼，成为受难的瓷器……

2007-01-04

这些水声

这些水声送来消失多年的大雪，在河滩转弯处
翻卷淤积成白银器皿的声响。送来
自柔顺的水藻间悄悄穿越的隐秘心思和多年前未曾邮寄的
信笺：它竹筏一样平稳，缓缓划过夜晚。

静静地卧于床铺，听冬季像巨大的冰块
碎裂、消融，它浮于声响之上
用制度统治井然有序操练队列的早晨和黄昏。而此刻
墙壁撤退高压的隔绝，风自由进出皮肤
生命用绵绵不绝地呼吸吐纳内在的扩散运动
听，放松四肢并合上疲惫的眼睑
天空在瞬息间开放，河流将裹挟着泥沙般的星星扑面而来

2006-12-14

西单大街上的拾荒老人

你像一块顽石，分开水流。
被名利驱使而湍急的人群
将沧桑的纹理
冲刷得越发清晰。

你停驻成顽固的石头。
一根木杖作为支点绷紧右手
——它是来自哪条街上
被修剪的大树？怎样结实的木质
才能支撑起肩上
遮蔽了天空的编织袋，
支撑起被帝都选择性遗忘
因收拢而沉重的荒芜

垃圾桶对着你呕吐。
你有老祖母的耐心和慈祥
仿佛面对排着队等待救治
散播着瘟疫的臭味的家畜。
——像一个悖论，你
不是这家园里饲养员
却听得懂兽语，知道每一只的名字

在西单大街上，抽刀断水流
锋锐来自你遍布的尘垢。
——一本正经的鼻子皱了皱
一对对如胶似漆的手迅速分开
绕过，再黏合——
并非有意，你卑微成
寓言书中繁华的脚注

夜晚的天空用更加晦暗的阴云
压了下来，逐一熄灭
玻璃窗欲盖弥彰
虚弱着繁荣的灯火。
顺手用麻木熄灭了你
祈盼活泼跳动的心。
——熄灭是另一种平静，
一场大雪准备好了
降落掩埋人世的灰烬……

2006-06-29 草
2018-10-26 改

故　居

这泡泡应该破灭，梦应该结束
厌倦已伤了一首诗的脉络

我甚至记得一场雨的每一滴雨珠
葡萄藤蔓像蛇，纠缠

在屋顶或者一封尘封的信里
——椽子支撑在身体里

我说的是漂泊，和在水面的感受
我甚至轻过了春天的一阵风

那是庙宇，是写在皮肤上的经文
记忆里第一个露出笑容的场所

现在我想沉下去，想要小心翼翼
躺进一堆废弃的瓦砾里

2005-12-10

飞翔或者酒

那些静止的美人让我感动！
从身体中出来
以一小杯液体作为牵引

哦，我在苦涩里飞升
犹如仙人，在昏眩里与美人相对
在典籍里走出令人惊叹的真理

从前我曾经打马归山
那些快速倒退的景物令我轻浮
如今我是漂浮，在景物之上

我不是无骨，也并不无辜
注定要在水中淹死
并露出浮肿的一张白脸

2005-05-28

为了逝去的年华

一只鸟困扰了我好些天，它飞行，偶尔栖息
在我脑子里，羽毛丰满，啼鸣不止

有时候骑一辆单车，看那些过往的行人
我是静止的
那些人还亮出了花手绢
哦，黄昏，一切都慢下来
车辆也慢下来，树叶、灰尘，仿佛进入老年的血液

如果这时候鸟不来，我也会缓慢下来
用皱纹来画图画
如果这时候我不是突然感到悲伤

2005-05-24

图书在版编目（CIP）数据

我的哀伤和你一样 / 张随著. -- 武汉：长江文艺
出版社，2021.9
　　（第 37 届青春诗会诗丛）
　　ISBN 978-7-5702-2274-2

　　Ⅰ. ①我… Ⅱ. ①张… Ⅲ. ①诗集－中国－当代
Ⅳ. ①I227

中国版本图书馆 CIP 数据核字(2021)第 127029 号

我的哀伤和你一样
WO DE AISHANG HE NI YIYANG

特约编辑：聂　权

责任编辑：胡　璇　　　　　　　　责任校对：毛　娟

封面设计：璞　间　　　　　　　　责任印制：邱　莉　　王光兴

出版　长江出版传媒 ｜ 长江文艺出版社

地址：武汉市雄楚大街 268 号　　　邮编：430070

发行：长江文艺出版社

http://www.cjlap.com

印刷：中印南方印刷有限公司

开本：850 毫米×1168 毫米　　1/32　　印张：5.875　　插页：4 页

版次：2021 年 9 月第 1 版　　　　2021 年 9 月第 1 次印刷

行数：3888 行

定价：46.00 元